Le voleur de sandwichs

À Loïs et Léa, qui n'étaient pas encore nés.
A. M.

Le voleur de sandwichs
© Patrick Doyon et André Marois. Tous droits réservés. 2014
© Les Éditions de la Pastèque

Les Éditions de la Pastèque
C.P. 55062 CSP Fairmount
Montréal (Québec) H2T 3E2
Téléphone : 514 502-0836
www.lapasteque.com

Infographie : Stéphane Ulrich
Révision : Sophie Chisogne et Mathieu Leroux
Aide à la colorisation : Cathon

Dépôt légal : 4e trimestre 2014
Bibliothèque et Archives nationales du Québec
Bibliothèque et Archives Canada
ISBN 978-2-923841-26-7

**Conseil des Arts   Canada Council
du Canada   for the Arts**

Nous remercions le Conseil des arts du Canada de son soutien.
L'an dernier, le Conseil a investi 157 millions de dollars pour mettre de l'art
dans la vie des Canadiennes et des Canadiens de tout le pays.

We acknowledge the support of the Canada Council for the Arts, which last year
invested $157 million to bring the arts to Canadians throughout the country.

Nous reconnaissons l'aide financière du gouvernement du Québec par l'entremise
de la Société de développement des entreprises culturelles (SODEC) pour
nos activités d'édition.

Gouvernement du Québec – Programme de crédit d'impôt pour l'édition de livres –
Gestion SODEC.

Nous reconnaissons l'aide financière du gouvernement du Canada par l'entremise
du Fonds du livre pour nos activités d'édition.

—

**Catalogage avant publication de Bibliothèque et
Archives nationales du Québec et Bibliothèque et Archives Canada**

Marois, André, 1959-
    Le voleur de sandwichs
    Pour les jeunes de 9 à 12 ans.
    ISBN 978-2-923841-26-7
    I. Doyon, Patrick, 1979-   . II. Titre.
PS8576.A742V64 2014   jC843'.54   C2014-941353-X
PS9576.A742V64 2014

4e édition

Patrick Doyon

André Marois

Le voleur de sandwichs

La Pastèque

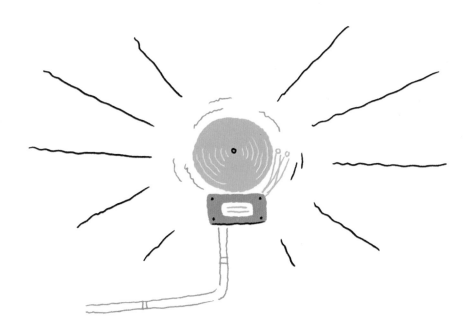

LUNDI MATIN

J'étais le premier debout quand la cloche
a sonné. Je me suis précipité dans le couloir
pour récupérer ma boîte à lunch et j'ai couru
jusqu'à la cafétéria.

On n'a pas le droit de courir dans l'école, mais
aucun adulte ne m'a vu. J'ai quand même fait
attention, car il avait plu et il fallait éviter les
flaques d'eau au deuxième étage.

Comme d'habitude, je me suis assis sur le banc, entre Axel et Manon. Et là...

J'ai vidé ma boîte à lunch sur la table.

Il ne restait qu'une pomme, une barre tendre, un jus d'orange et le mot d'encouragement de mon père.

Mon sandwich
a disparu.

T'es sûr que
tu l'as pris?

Évidemment. Le sandwich du lundi, c'est celui au
jambon-cheddar-laitue : mon préféré.

Quelqu'un a dû te le voler.

On s'est tous les trois dévisagés, puis on a regardé ceux qui mangeaient.

Ce n'était pas beau à voir. Ni à entendre. Tout le monde mastiquait avec la bouche grande ouverte. On distinguait nettement les morceaux de brocolis broyés, les chips écrasées, les feuilles de salade écrapouties.

Le sandwich au jambon de ma mère,
je l'aurais reconnu entre mille, parce qu'elle
utilise un pain spécial à la farine d'épeautre,
qu'elle va chercher dans une boulangerie
secrète tenue par des moines kung-fu.

J'ai longé les bancs, un par un.
À un moment, j'ai cru repérer mon
lunch entre les molaires d'un grand
roux de sixième année. Je lui ai
bloqué les mâchoires, pour vérifier
de plus près.

HEY, QU'EST-CE QUI
TE PREND, TI-COUNE?

Je me suis écroulé entre mes deux amis.

Alors?

Il s'est
envolé.

« Un céleri ? » m'a proposé Manon.
J'ai haussé les épaules, découragé.

LUNDI APRÈS-MIDI

L'après-midi, mon ventre émettait d'atroces gargouillis. Je n'avais jamais été aussi affamé de ma vie.

Incapable de me concentrer, je regardais les plaques de peinture qui se décollaient du plafond.

L'une d'elles
a atterri sur la tête
de Mme Tzatziki.

Toute la classe a ri, sauf moi.

Mon voleur de sandwich m'obsédait.
Quel malfaisant avait pu commettre un acte
aussi cruel? Je ne savais plus quoi penser,
passant de la colère à la tristesse, puis à
l'envie de punir le coupable.

J'ai décidé de dresser une liste de suspects
dans mon cahier Canada.

NUMÉRO UN : le gros ROBIN

GLOUP
GLOUP
GLOUP

Il ne fait que s'empiffrer.

Ce midi-là, je l'avais vu engloutir un énorme plat de spaghettis. Mais je sais que ça ne l'aurait pas empêché d'avaler mon sandwich en guise d'entrée.

Goinfre comme il est, il l'avait sûrement
dévoré sans l'apprécier. Quel gâchis!

J'ai examiné le gros Robin en serrant les dents.
Je n'avais aucune preuve contre lui, mais je le
plaçais sous haute surveillance.

NUMÉRO 2 : la pauvre MARIE

On sait tous que sa mère a perdu sa job depuis longtemps et que la boîte à lunch de Marie ressemble à un frigo désert. Souvent, on partage notre repas avec elle et elle accepte en rougissant.

Mais jamais la pauvre Marie n'aurait volé mon sandwich. Au pire, elle en aurait pris un morceau. Non, c'était impossible... Sauf si elle n'avait rien mangé pendant toute la fin de semaine.

J'ai failli barrer son nom, mais je l'ai laissé. Son manque de nourriture la rendait hautement suspecte.

NUMÉRO 3 : Benjamin le FATIGANT

Lui, il passe ses journées
à inventer des farces plates
qui ne font même pas
rire les prématernelles.

Je l'ai imaginé me dérober mon
sandwich pour m'observer ensuite
en cachette, en ricanant tout seul.

faux vomi

Mais Benjamin le fatigant préfère les blagues publiques.
Il veut que tout le monde reconnaisse que c'est lui le plus
drôle. Il se pense comique, il est juste achalant.

araignée en plastique

HA
HA
HA

J'ai mis un point
d'interrogation
à côté de son nom.

NUMÉRO 4 : MATHIAS le JALOUX

C'est sûr, il ne m'avait pas pardonné le but que je lui avais marqué au soccer, le vendredi précédent. Mathias déteste perdre et la défaite le rend méchant.

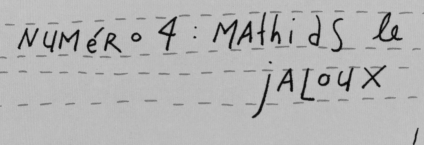

Il avait une bonne raison de voler mon sandwich : la vengeance.

« Marin, tu parles tout seul ? » m'a lancé
Mme Tzatziki, avec son drôle d'accent grec.

Hein ? Ah oui...
Non.

Qu'est-ce que
je disais ?

Euh... Vous
parliez d'un sandwich
au jambon.

HA HA HA HA HA HA HA HA HA HA HA HA HA HA HA

Toute la classe a éclaté de rire. Même Mme Tzatziki a souri.

Mon cher Marin, nous en étions à la table de multiplication par sept. Et je me demandais si tu savais combien fait 7 multiplié par 8 ?

7 × 8 =

J'ai paniqué. La table des sept, elle est impossible à retenir.

J'ai essayé de me souvenir de la réponse.

Pourquoi elle a fait ça? Je me suis
demandé si elle n'avait pas un sandwich
à se faire pardonner.

Mes parents sont des maniaques de la cuisine.
Ils collectionnent les livres de recettes et changent
de restaurant comme de serviette.

Alors, quand j'ai été en âge d'avoir ma propre boîte à lunch, ils se sont surpassés. Je partais chaque matin avec des plats exotiques aux noms imprononçables. J'étais devenu la risée de la cafétéria.

Après une semaine de ce régime, je les ai suppliés de réduire les portions et de choisir des aliments simples à manger. Ils ont accepté à contrecoeur, mais ma mère est restée inflexible sur un point :

La mayonnaise, c'est Moi qui la prépare !

Hourra!!!

Merci maman!

Quand Axel a découvert que ma mère battait des oeufs, de la moutarde et de l'huile pour faire sa vraie mayonnaise maison, il n'en revenait pas. Il croyait que la mayo pouvait juste sortir des usines.

J'étais pas mal fier.

Le mardi, c'est le jour de mon deuxième sandwich
préféré : celui au thon. Justement, ma mère le prépare
avec sa fameuse mayonnaise et des tomates séchées.

Pour ne pas mourir de faim, j'avais décidé de tendre
un piège au voleur. J'ai accroché un fil de nylon au
sac du sandwich et j'ai noué l'autre extrémité
à une clochette.

Si quelqu'un s'emparait du sandwich, il ne verrait pas le fil transparent. Il ferait tomber la clochette et DING!

J'ai couru jusqu'à l'école pour arriver le premier.

Le crochet le plus proche de la porte de notre classe était arraché, alors j'ai suspendu ma boîte au suivant.

Lorsque le cours a commencé, je me suis concentré sur les bruits dans le couloir.

À 9h, j'ai entendu un son métallique, mais c'était Benjamin le fatigant qui essayait de jongler avec deux règles.

À 9h15, fausse alerte quand le gros Robin
a échappé le couvercle d'une boîte de jujubes.

À 10h17, je me suis levé d'un bond.

Pour rien : j'avais entendu la musique du iPod
que Mathias le jaloux écoutait en cachette.

À 10h32, la pauvre Marie a agité ses clés dans sa poche.

Comme s'ils faisaient tous exprès pour attirer mon attention et protéger le voleur.

Soudain, la clochette a rebondi contre le mur.
Mme Tzatziki a regardé dans la direction de la
porte en fronçant les sourcils.

Je n'ai pas attendu son autorisation et je me suis précipité
en dehors de la classe.

Dans le couloir, il n'y avait personne.

La clochette se trouvait sur le plancher
usé, avec le fil et le sac vide au bout.
Mon merveilleux sandwich s'était volatilisé.

Il ne restait que le mot de mon père.

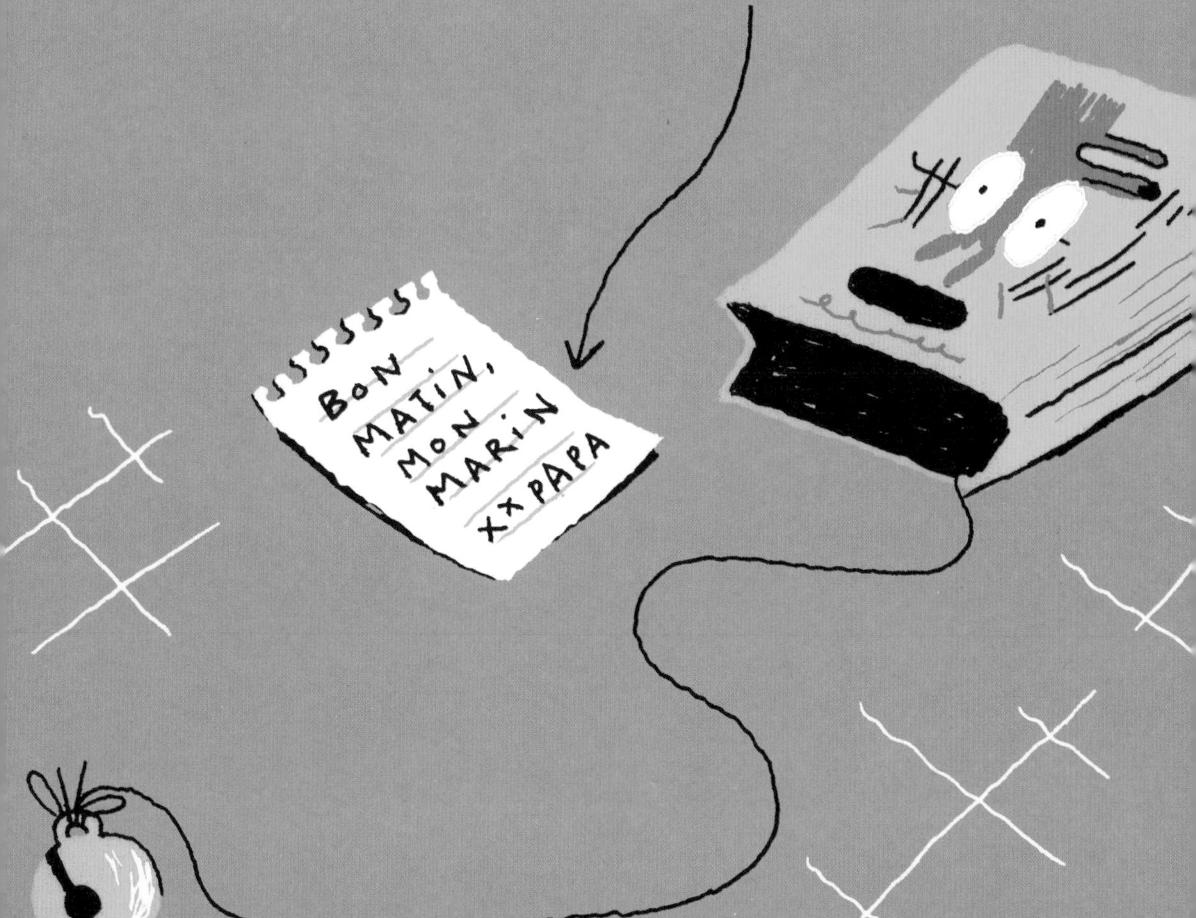

C'était mal parti.

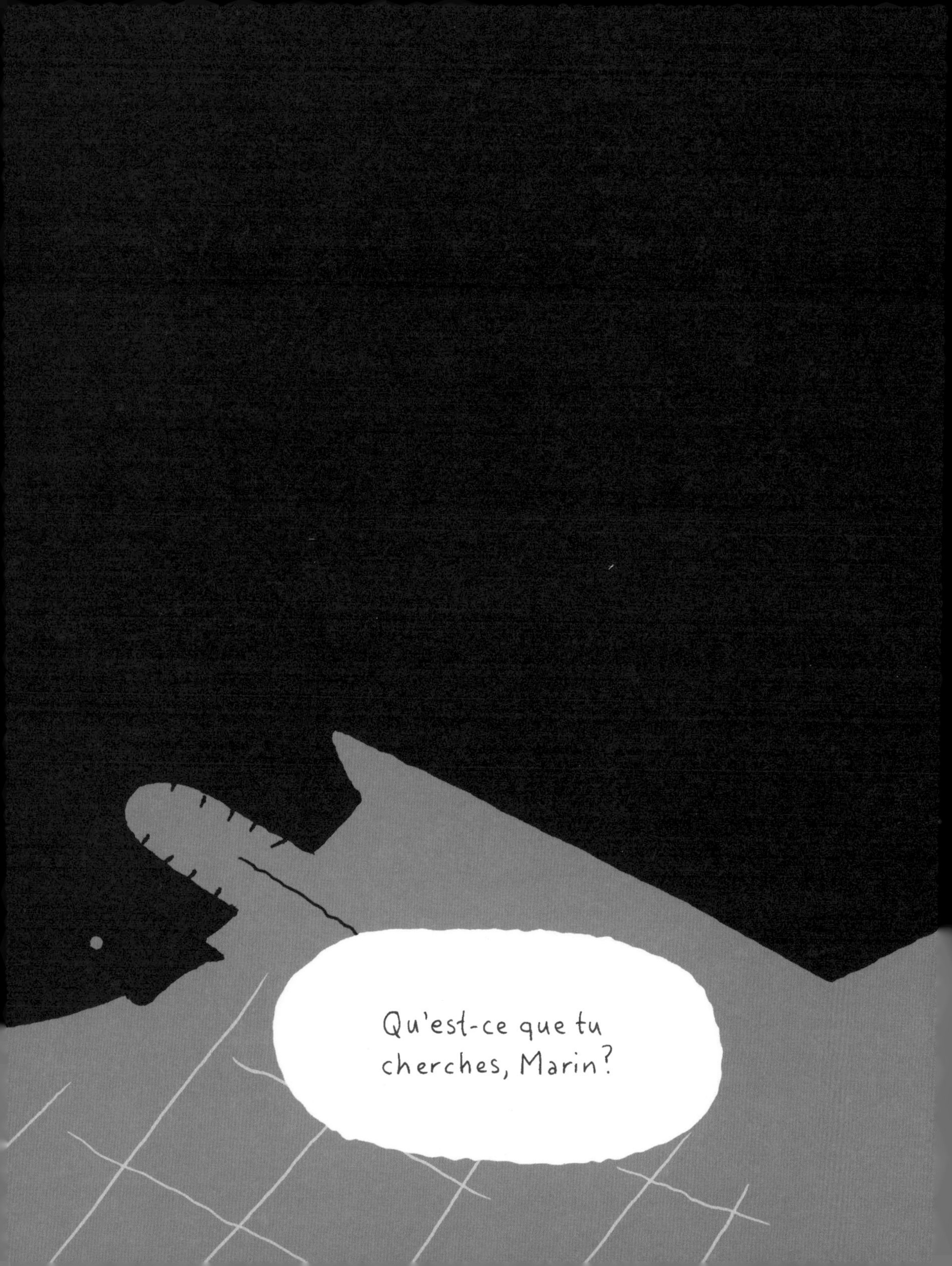
Qu'est-ce que tu cherches, Marin?

Tu fouilles dans les
boîtes à lunch, maintenant ?

J'ai eu peur. Le concierge se tenait derrière moi,
les bras croisés. M. Maxence est un grand costaud
et sa voix d'ours m'a toujours impressionné.

Je suis retourné à mon
bureau en râlant.

Première conclusion de mon enquête : Mathias le jaloux était innocenté. Tout comme le gros Robin, Benjamin le fatigant et la pauvre Marie, puisqu'ils n'avaient pas quitté la salle.

Mais ça devait être facile pour M. Maxence de sélectionner les boîtes à lunch les plus appétissantes et de se servir quand nous étions en classe.

Mon petit doigt me disait qu'il avait fait le coup.
Mon estomac vide aussi.

MARDI MIDI

Quand la cloche a retenti, je n'ai pas
rejoint Axel et Manon à la cafétéria.
Je suis plutôt allé voir le directeur.

M. Garence était dépeigné et mal rasé,
comme s'il avait dormi dans son bureau.
Ça sentait le renfermé, là-dedans.

M. Garence m'a désigné la chaise
devant lui, mais je suis resté debout.

Je ne voulais pas lui raconter mes
malheurs assis. J'aurais été plus petit
que lui.

Le directeur a écouté mon histoire,
mais n'a pas vraiment paru choqué.

Un sandwich qui disparaît, ça peut être un accident. Mais deux de suite, je crois qu'on a affaire à un voleur en série.

M. Garence m'a tendu une tortilla
molle et humide, qu'il avait dû acheter
au dépanneur du coin.
Vraiment pas appétissante.
Si mes parents l'avaient vu, ils l'auraient
accusé d'incitation à la malbouffe,
avec procès à la clé.

J'ai essayé de lui rendre
sa crêpe mexicaine.

Mais... Et vous?

Visiblement, M. Garence n'avait
pas le temps de se préparer à manger.
Ça m'a mis la puce à l'oreille. Il prenait
sûrement ma boîte à lunch pour
un distributeur à sandwichs.

Je ne savais plus qui était mon voleur :
le concierge qui rôdait dans les couloirs
ou le directeur qui voulait à tout prix me
refiler son sandwich sans saveur ?

MERCREDI

Le mercredi, ma mère m'a préparé son
fameux sandwich à la tartinade de tofu,
avec de la luzerne, des tomates et des
grosses crevettes décortiquées.

Ce matin-là, j'ai installé ma boîte à lunch
bien en vue pour attirer le voleur.

Le directeur avait promis de s'occuper de
mon cas, alors autant lui simplifier le travail
(sauf si c'était lui le coupable).

La matinée s'est passée tranquillement.
On a révisé l'imparfait du verbe avoir et
j'ai levé la main pour donner un
avertissement aux futurs pillards.

Benjamin le fatigant
m'a lancé un regard noir.

Mathias le jaloux
a fait la moue.

La pauvre Marie
m'a souri bizarrement.

Le gros Robin a fait semblant
de ne pas comprendre.
Tous des croches, j'ai pensé.

À midi, je suis sorti sans me presser.
Je n'avais pas hâte de retrouver ma
boîte à lunch vide.

Quand j'ai vu que le sandwich était toujours là,
je me suis senti vraiment mieux. Mon cauchemar
était terminé. Le directeur avait dû attraper le voleur.

La note écrite par mon père était prémonitoire.

À la cafétéria, j'ai repris ma place entre Axel
et Manon. En la voyant jeter des regards inquiets
vers le gros Robin qui postillonnait en mangeant,
j'ai eu de la peine pour elle. Et une bonne idée.

—Dis Manon, il y en a beaucoup d'autres ici
qui sont allergiques comme toi aux fruits de mer?

Je ne lui avais jamais posé une question aussi longue.

—On est quatre à l'école. Trois élèves et une prof:
Mme Ombeline. Je le sais parce que son nom est écrit
à côté des nôtres, au service de garde.

J'ai failli m'étouffer en entendant sa réponse.

Je tenais la coupable. La professeure de la classe d'en face de la nôtre devait surveiller le couloir et sortir pendant que ses élèves peinaient sur un devoir de mathématiques. Qui soupçonnerait une femme avec des lunettes?

Mme Ombeline avait vu les grosses crevettes roses et ça l'avait empêchée de croquer mon sandwich.

Son allergie avait sauvé mon dîner du jour... Mais demain?

JEUDI

Le jeudi, ma mère me prépare toujours un sandwich aux oeufs. Ce n'est pas mon préféré, à cause de l'odeur bizarre, mais la mayonnaise maison fait toute la différence. Ma mère ajoute aussi du parmesan râpé avec des oignons rouges.

J'ai caché ma boîte à lunch sous le
manteau usé de la pauvre Marie.

Personne ne soupçonnerait sa présence ici.
Le voleur (ou plutôt la voleuse) ne penserait
jamais à dérober le pain blanc de Marie.

À moins qu'il n'ait aucune pitié,
ce qui était encore possible.

À midi, j'étais le premier dehors.
Quand j'ai soulevé ma boîte, son poids
m'a appris que mon sandwich aux
oeufs avait disparu.

J'ai eu du mal à retenir mes larmes.
Quelqu'un dans cette école avait
décidé de m'affamer. Ou de me faire
craquer.

Mais je n'allais pas me laisser faire.

Je me suis rué dans la salle des professeurs et je me suis planté devant Mme Ombeline qui faisait semblant de classer des copies.

Tous les adultes me regardaient sans comprendre.

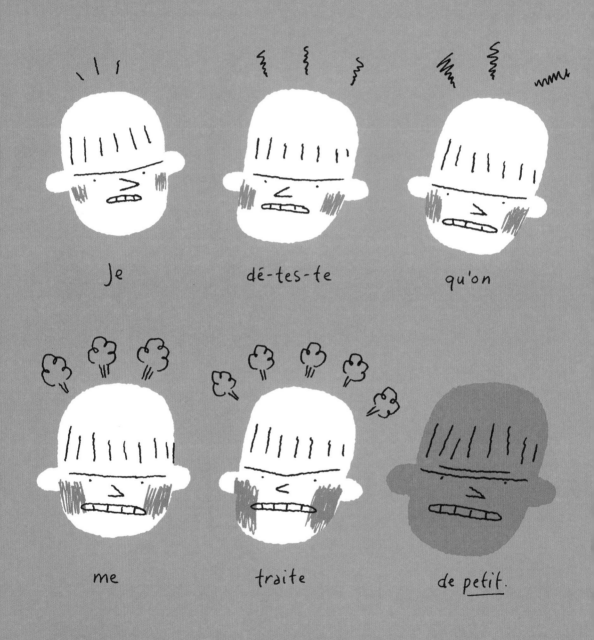

Je   dé-tes-te   qu'on

me   traite   de <u>petit</u>.

J'ai serré les poings. Je m'apprêtais à hurler
quand le directeur m'a entraîné dans son bureau.

« Comme tu n'es pas venu me voir hier, j'ai
pensé que le problème était réglé. Et puis, j'ai eu
une matinée de fou », a-t-il dit pour s'excuser.

Sa table croulait sous les dossiers.
La trace d'oeuf était toujours sur son col.

C'est parce qu'hier, personne n'a touché à mon sandwich avec des crevettes et Mme Ombeline est allergique aux fruits de mer, j'ai cru que...

Le directeur a secoué la tête.

Aux oeufs.

Une lueur gourmande a traversé le
regard de M. Garence. Il était clairement
en manque de bonne nourriture.
Sa figure virait au verdâtre. J'aurais dû
le présenter à Josée di Stasio, pour qu'elle
remplisse son frigo de plats fortifiants.

Le directeur m'a tendu une pointe de pizza au pepperoni, coincée entre deux morceaux de papier sulfurisé.

Tiens Marin, avale au moins ça.

Il voulait vraiment se débarrasser de sa pizza. Dès que j'aurais le dos tourné, il fermerait son bureau à clé pour savourer en paix mon sandwich aux oeufs.

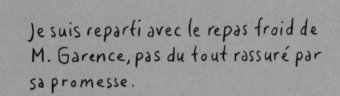

Je suis reparti avec le repas froid de
M. Garence, pas du tout rassuré par
sa promesse.

À la cafétéria, il y avait une longue queue devant l'unique four à micro-ondes, qui fonctionne une fois sur deux. J'ai jeté discrètement ma pizza à la poubelle. Je pense que la date de fraîcheur était dépassée depuis huit jours.

J'ai mangé la carotte que m'a tendue Manon. Je ne savais plus qui accuser. Ce jour-là, mon père avait écrit : « Je pense à toi, mon Marin. »

C'était réciproque.

J'essayais de mettre un visage au voleur et je me
retrouvais avec un monstre à trois têtes : celles de
M. Garence, de M. Maxence et de Mme Ombeline.
Le corps de la créature ressemblait à celui du gros Robin.

VENDREDI MATIN

J'ai fini par tout raconter
à mes parents.

Les yeux de ma mère ont lancé des éclairs.
Voler la nourriture de son fils, c'était encore
plus grave que d'acheter un pâté chinois surgelé.
Ça allait barder!

Il faudrait mettre quelque chose dans ton sandwich qui pourrait démasquer le voleur.

On a cherché
quel ingrédient
ajouter.

DES CLOUS!

Mon père a jugé ça un peu violent.

Du colorant alimentaire.

Ma mère a eu peur que le voleur ouvre le pain avant de mordre dedans : il allait voir le bleu ou le rose à l'intérieur.

On pouvait trouver pire.

Une tête
de rat

Un hameçon

Des coquerelles

Du dentifrice

Du sable

Du piment

Du plâtre

Du pourri

Un ressort

Une saucisse
en plastique

Une photo de
grand-mère Alice

Elle m'a alors préparé un sandwich spécial avec du poulet, de l'avocat, du concombre et une fine couche de sa fameuse mayonnaise maison.

Jusque-là, c'était normal.

MAYO

Mais ensuite, elle a sorti une sorte de boîte
de chimiste, avec des tubes et des sachets.

« Ça passe ou ça casse, mon Marin », a écrit mon père sur sa petite note quotidienne.

J'ai placé ma boîte à lunch sur un crochet,
au milieu de toutes les autres, puis je suis
entré dans la classe, comme si de rien n'était.

M. Garence avait promis que cette fois-ci,
il prenait les choses en main. S'il voulait dire
qu'il prenait le sandwich au poulet en main,
je le saurais vite.

La matinée a débuté avec un cours de français, puis on a enchaîné avec de la géographie. Par réflexe, je consultais sans arrêt l'horloge au-dessus du tableau noir, même s'il y a longtemps qu'elle ne fonctionne plus.

Et tout à coup !

J'ai entendu un hurlement dans le couloir, comme si on égorgeait un animal. Puis il y a eu un bruit de course.

Des portes ont claqué. Je me suis élancé hors de la classe.

ARRA

Ma boîte à lunch gisait
par terre, ouverte.

GHHGHHH

Le cri continuait, en provenance des toilettes.

J'y ai couru et là, j'ai
découvert le directeur et
Mme Ombeline qui entouraient
le concierge.

Il tenait mon sandwich
à la main. M. Garence l'a
désigné, inquiet.

Le concierge nous a expliqué ce qui lui arrivait.

Quand j'ai mordu dans le sandwich, il y a eu une explosion de saveurs bizarres dans ma bouche.

POUAH

Ça s'est mis à pétiller et à goûter la terre, puis le goudron, le savon, le sirop pour la toux et le pipi de chat. Après, c'était comme si je mâchais de la craie trempée dans du vomi.

Mme Ombeline a rigolé,
Mme Tzatziki aussi.

Est-ce que ça se soigne?

Tout le monde observait le concierge
qui buvait encore et encore.

Vu le morceau qu'il avait mordu dans mon sandwich, il avait avalé l'équivalent d'une quinzaine de petites billes de gelée.

Il voulait noyer cette avalanche de saveurs horribles, mais l'eau avait cessé de couler. Ça arrive souvent à cause de la vieille tuyauterie. M.Maxence a failli s'évanouir.

Il désignait sa langue, incapable de parler.
Ma mère est vraiment la reine de la cuisine.

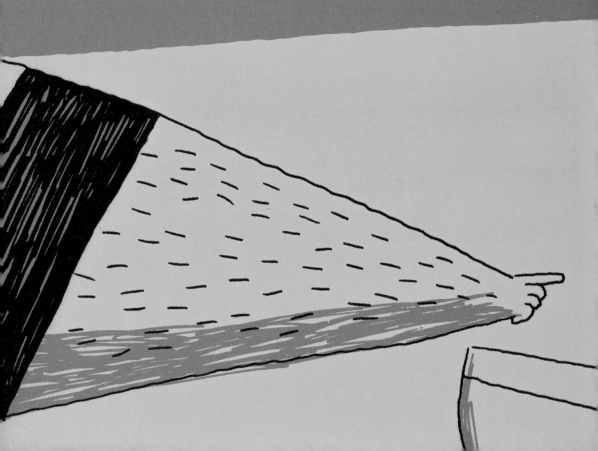

Le robinet s'est remis à crachoter un mince filet
d'eau brune et le concierge a gardé sa bouche grande
ouverte dessous.

Le directeur a pris le sandwich et me l'a tendu.

Le concierge se calmait à peine, et sa figure restait écarlate.

Pourquoi avez-vous fait ça à Marin ?

Je... Je n'ai rien contre lui. Mais, chaque midi, je voyais ses sandwichs trop délicieux et c'était comme un supplice pour moi.

Vous auriez pu vous en préparer d'aussi bons.

Le directeur, champion du monde des pizzas périmées et des tortillas molles, donnait des leçons de cuisine au concierge. Il y avait de quoi rire.

C'est à cause de la mayonnaise maison de la mère de Marin. La semaine dernière, j'en ai goûté une bouchée en cachette, et depuis, je ne peux plus m'en passer.

Voilà pourquoi il n'avait pas volé le sandwich du mercredi, celui à la tartinade de tofu.

M. Maxence n'avait que ce qu'il méritait.
Ce n'était plus mon problème.

« Et maintenant ? a demandé Axel.
- Oui, et maintenant ? » a insisté Manon.

Je suis affamé, moi.
Pas vous ?

Axel et Manon ont regardé mon sandwich à la cuisine moléculaire, inquiets pour ma santé.

Non, pas celui-là. Ma mère
m'en a préparé un autre,
sans billes de goudron,
de terre, de sirop pour
la toux ni de craie... Il est
dans mon sac d'école.

On a couru jusqu'à la cafétéria avant que
quelqu'un ne vole notre place.

Le voleur de sandwichs de Patrick Doyon et André Marois a été
achevé de réimprimer en avril 2016 par l'imprimerie Imago en Asie,
pour le compte de La Pastèque, éditeur de livres depuis 1998.